朝の随想

あふれる

山下多恵子

未知谷

はじめに

二〇一二年四月から九月まで半年間、週一回、ＮＨＫ新潟ラジオ「朝の随想」に出演しました。四十年近く続いた長寿番組（数年前終了）で、お茶の間や通勤の車の中で耳を傾けてくれる人も多かったようです。

短いエッセイを書き、それを読みにＮＨＫに通った日々は、とても楽しいものでした。本書はその原稿を集めたものです。心の向くままにお話しするつもりでしたが、どこかで一貫性を持たせたいと思い、「動詞」にまつわるお話にしました。ラジオという性質上、「語る」ように書いたものですので、「聞く」ようにお読みいただければと思います。

収められた写真は、私が少女時代に過ごした北海道のずっと北の方――天塩《てしお》・遠別《えんべつ》――の花や木や風景です。ページを捲《めく》ったそのときに、北に吹く風を感じていただけたら幸いです。

目次

朝の随想 あふれる

第1回　在る＊塔和子の詩に寄せて

塔和子《とうかずこ》という詩人がいます。十四歳の時から現在に至るまで七十年近くを、瀬戸内海に浮かぶ小さな島の、ハンセン病療養所で生きてこられた方です。彼女の詩を織り込んだ「風の舞」という映画をご覧になった方もいらっしゃるかもしれません。

この塔和子さんに「淡雪」という題の詩があります。その後半部分を読んでみます。

「勢いよく水道の水をほとばしらせて／野菜を洗うとき／にんじんの赤さ／ほうれん草の緑／だいこんの白さが／在ることのよろこび／いのちの新鮮さをかきたてる／このふるえるような愛しさ／／昨日と明日の間／ただ／いまだけを生きている／淡い雪のようなものが／わたし」

さて。この詩の中で彼女は、はかない淡雪、てのひらに受け止めてもすぐに消えてしまいそうな淡い雪に、自分をなぞらえています。生涯をハンセン病療養所で送らざるを得ない自分には、昨日という過去も、明日という未来もなく、「ただ／いまだけを生きている」のだ、はかない淡雪のように、というのです。しかし「いまだけを生きている」からこそ、見えてきたものがありました。

昨日と明日の間――昨日と明日をつなぐ、今日の、今このとき――そこには、何があるでしょうか。そこには、特別なものはありません。花や虫や野菜や空や風や日の光や水があります。そして人がいます。身の回りのありとあらゆるものが、そこに確かに存在しているのです。

ところで私たちは夕食を作るときに、まな板の上のにんじんや大根を見て、その形や色に新鮮な驚きを覚えたり、いつも隣にいる人を、ことさらにいとおしいと感じるでしょうか。目の前にある、ささやかなものたち――あって当たり前と思われているものたちの存在に塔和子さんは気づきます。そして思うのです。それらを見ている・感じている自分もまた、ここに存在しているのだと。

そのことに気づいたとき、彼女は淡雪のようにもはかないと感じられたそのい

のちがいとおしく、ふるえるようにいとおしく、ひしとわが身を抱きしめていま
す。

私たちが今ここに「在る」ことは、もしかして当たり前のことではないのかも
しれないな、とも思うのです。

第2回　会う＊啄木没後一〇〇年

もしも歴史上の人物に、たったひとり会うことができるとしたならば、あなたは誰に会うでしょうか。私は迷うことなく、石川啄木に会いに行きます。

啄木の歌集『一握の砂』は、その文学性の高さだけではなく、多くの人に読まれ、親しまれているという点において、近代以降の歌集の中でも突出しています。

「砂山の砂に腹這ひ／初恋の／いたみを遠く思ひ出づる日」

「山の子の／山を思ふがごとくにも／かなしき時は君を思へり」

「はたらけど／はたらけど猶わが生活《くらし》楽にならざり／ぢつと手を見る」

作家の井上ひさしは、啄木短歌は日本人の「心の索引」だ、と言っています。

私たちは日々、様々な感情を抱きながら生活していますが、うれしいとき淋しいとき苦しいとき、『一握の砂』を開くと、そのときの感情にぴったりの歌が必ず載っているのです。皆さんの中にも、啄木の歌に親しみ、そらんじている方も大勢いらっしゃるのではないでしょうか。

この啄木が亡くなって、今年（二〇一二）で一〇〇年になります。今から一〇〇年前の一九一二（明治四五）年四月十三日、啄木は息をひきとりました。東京の小石川で。桜の散る午前九時半でした。

臨終に立ち合ったのは、妻の節子とお父さんのほかには、歌人の若山牧水だけでした。

啄木が昏睡状態になって、いよいよ危ないというときに、牧水は、そばに啄木の娘の京子さんが、いないことに気づきます。それであわてて外へ探しに出てみますと、京子さんは――当時満五歳でしたが――家の前で、桜の花びらを拾って遊んでいたのです。

私は、桜の季節になると、そのような情景を必ず思い出します。

わずか二十六年二か月の生涯であることを思いますと、痛ましくてなりません。

実に「よく生きた」人でした。人を愛しました人に愛される人間でもありました。

よく言われるように、嘘をついたり、借金をしても返さなかったり、自分の結婚式に欠席したり……と、欠陥の多い人間であったことも事実です。しかしそのようないい加減な啄木は、途中までの啄木なのです。彼は変わっていきます。何度も挫折し、そのたびに立ち上がる。そして立ち上がるときには、つまづく前より、もっと大人になっていました。私はそのような、成長し続ける啄木に魅力を感じています。

啄木に会うことは、叶わないことではありますが、彼は作品をとおして、「生きなさい！　生きるんですよ！」と、いつも私たちを、やさしく励ましてくれているような気がします。

そう思うと、力が、生きる力が湧いてくるのです。それを私は「啄木の力」と呼んでいます。

第3回　渡す＊友人がくれた本

忘れられない本があります。

二十歳の頃、一週間だけ手もとにあった本なのですが、四十年近く経った今も、紙の匂いやページを捲《めく》ったときの感触が、鮮明に思い出されます。巷にはフォークソングが流れ、髪を伸ばした男の子たちが大勢街を歩いていた時代のことです。

その頃私は、街の外れにある大学の寮に住んでいました。ある日の夕方、放送で呼び出されて五階から一階まで駆け下りていきますと、玄関に、同じクラスの友人が立っていました。手には重そうな布バッグを提げています。

友人は私の顔を見るや、バッグの中から一冊、二冊、三冊と、同じ装丁の厚い本を取り出して、私に手渡しました。唐突な感じがしましたので戸惑っていますと、「これを読んでほしい」と言い、「でも」と続けました。「でも、読み終わったら、手もとに置いておかないで、それを誰かにあげてね。一人でも多くの人にこの本を読んでもらいたいから」そう言うと、自転車に乗って、長い髪を靡《なび》かせて、夕日の中を帰って行きました。

その本はかつてのベストセラーで、映画にもなった有名な小説でしたが、二段組全三巻を読むのは、ちょっと億劫な気がしたのです。しかし成り行き上仕方なく、といった感じで読み始めました。

ほどなく物語に引き込まれ、その夜は一睡もしないで読みふけりました。それは戦争という不条理に満ちた状況の中で、人間はどこまで人間でいられるのか、を追求した小説でした。壮大な愛のドラマでもありました。戦争とは、人間とは、という大きなテーマでありながら、重くしかつめらしく描くのではなく、巧みな筋書きと登場人物の魅力で、息もつかせぬ面白い読み物に仕上げていました。それから数日間、私はその世界に没頭しました。

三巻目のあまりに切ない最後を読み終えて、本を閉じようとしたとき、見返しに何か書いてあるのが目に入りました。青いインクの、角張った小さな字で、本の感想と友人の名前が記してありました。私はその横に、今読んだばかりの感動を書き付け、自分の名前をしたためました。そして、明くる日別の友人に、その三冊を手渡したのです。「読み終わったら、誰かにあげてね」と。

五味川純平『人間の條件』——緑色の表紙の三冊の本は、いまどこにあるのでしょう。きっとすっかり色褪せて、ボロボロになって、でも人から人へと手渡され、今も感動を与え続けているのに違いありません。

ローマの古いことわざに「本にはそれぞれの運命がある」というのがあるそうですが、友人がくれたこの本は、幸せな運命をたどったと言えるのではないでしょうか。そして本の運命は、本自身ではなく読む人が決めるものなのではないでしょうか。

第4回　似る＊圓朝の息子

十数年前になりますが、ある本に、三遊亭圓朝について書いたことがありました。

三遊亭圓朝とは、言わずと知れた幕末から明治の落語家で、人情噺や怪談噺を自作自演して、大変な人気を得た人物です。また明治十七年に出版された『怪談牡丹燈籠』は日本初の速記本で、圓朝の高座をそのまま記録したものでしたが、その語りにヒントを得て二葉亭四迷は、言文一致体の先駆けとなる『浮雲』という小説を書きました。

このように三遊亭圓朝は、落語界だけではなく、文学の世界にも多大な影響を与えた人でした。

原稿を書くために資料を調べていくうちに、彼の業績だけではなく、人生もまたとても興味深いものであることが、わかってきました。とりわけ心を惹かれたのは、息子朝太郎との関係です。

一人息子の朝太郎は、義理の母と折り合いが悪く、しだいに不良少年たちと交わるようになり、やがて窃盗を働いてそれが新聞沙汰にまでなります。圓朝は息子を更正させようと、禅寺に預けたり、英語学校に通わせたり、旅に出したり、さらには小さな塾を買い取って息子をそこの校長にしたり……と、親として涙ぐましい努力を重ねるのですが、そのたびに期待とは裏腹の結果に終わりました。酒に溺れ身を持ち崩した息子を廃嫡した（勘当した）翌年に、圓朝は亡くなっています。

こんなわけで朝太郎は、偉大なる父圓朝の名を汚した「不肖の息子」として、後の世に伝えられることになったのです。

しかし資料の中から立ち上がってくる朝太郎は、無頼なだけではなく、学問好きな面もあり、語学の才能もあったようです。感じやすく傷つきやすい人間であったようにも思われます。彼の悲劇は「不肖の子」つまり文字どおり父に「肖《に》ない子」であった、ということでしょう。三遊亭圓朝という大きな存在にあらがいつつも、期待どおりに生きることができない自分を苛み傷つけ、無茶を繰り返していたのではないでしょうか。その後行方をくらませ、浮浪者にまで身を落としたという、朝太郎の最期を知る人はいません。

あるエピソードがあります。圓朝の三回忌当日のこと。読経がすんで、集まった人たちがお墓に行ってみますと、花がそなえられており、鉛筆で「圓朝倅」と書いた小さな紙切れが添えられてあった、というのです。「圓朝倅」——親子の縁を、親の側から断ち切られてもなお、自分はあなたの倅であるとは、何と悲しく切ないことでしょうか。

この書き付けが本当に朝太郎のものであったのか、と疑うこともできます。エピソードそのものが、できすぎていると思う人もいるでしょう。しかし私はここに真実を感じずにはいられません。親に応えることのできなかった子の、切々たる思いが「圓朝倅」の三文字から滲み出ているように思われます。ひとり墓の前に佇む朝太郎の後ろ姿が目に浮かぶのです。

第5回　訪ねる＊小さな「修学旅行」

五年ほど前、盛岡のＮＨＫ文化センターで「ハンセン病文学」の講座を持たせていただいたことがありました。ハンセン病療養所に隔離され、苛酷な現実の中で言葉を紡いだ人たち。彼らの残した作品を手がかりに、つまるところ人はなぜ書くのか、ということについて考えてみたいというのが、その講座の主旨でした。

大きなテーマを掲げて受講者を募集したのですが、なかなか人が集まらず、受講者全員が講師の顔見知りという、友情に支えられて成立しているような講座でした。が、皆さんたいへん熱心で、私も月一回の盛岡行きを楽しみにしていました。

たくさんの詩や短歌や小説、また療養所にいた子供たちの作品も読みました。講座の後には皆で食事をしお喋りをするのも楽しみの一つでしたが、ある日いつものように和気藹々と食事をしていますと、「せっかくハンセン病文学を勉強しているのだから、療養所に行ってみたい！」と言い出した方がいたのです。すると、私も行きたい、私も……ということで、結局全員が行きたい、ということになりました。そんなわけで、かつて私が取材で行ったことのある岡山の療養所を訪ねることになったのです。

桜のたよりがちらほらと届き始めた頃、私も入れて六人の、小さな小さな「修学旅行」が実現しました。新幹線や在来線、さらには車を乗り継いで、八時間の旅の後に療養所に着いたときには、日が暮れかかっていました。

早速園長先生がハンセン病について医学的な見地から講義してくださいました。その日は園の宿舎に泊めていただきました。二つの部屋に女性六人、枕投げこそしませんでしたけれど、少女の頃に戻って、とめどもなくお喋りに興じた、楽しい楽しい時間でした。

翌日は資料館で、元患者さんの説明のもと、ハンセン病の歴史を勉強しました。その後その方のご案内で、島の中を歩きました。初めて上陸した船着き場・懲罰として入れられた監房・故里に帰ることができない何千の人たちが眠る納骨堂…

…さまざまな施設を見学したあとは、入所者の方たちの部屋を訪ねて、じっくりとお話を伺いました。

お話を聞かせてくださった中のおひとりが、別れ際にハーモニカで「ふるさと」を演奏してくださいました。「骨になっても帰れないから、煙になって帰るんだ」という、彼らの故郷を思いながら、私たち六人は、しばし哀切な調べに包まれていました。

参加者の一人盛岡市の佐藤静子さんが寄せてくださった感想には「人は知らないから恐れるのでしょう。そこから差別や偏見も起きるのでしょう。この修学旅行で〈見ること、接すること、体験すること〉の大切さを学びました」とありました。

ひとりひとりに、たしかな「何か」を残してくれた「修学旅行」でした。

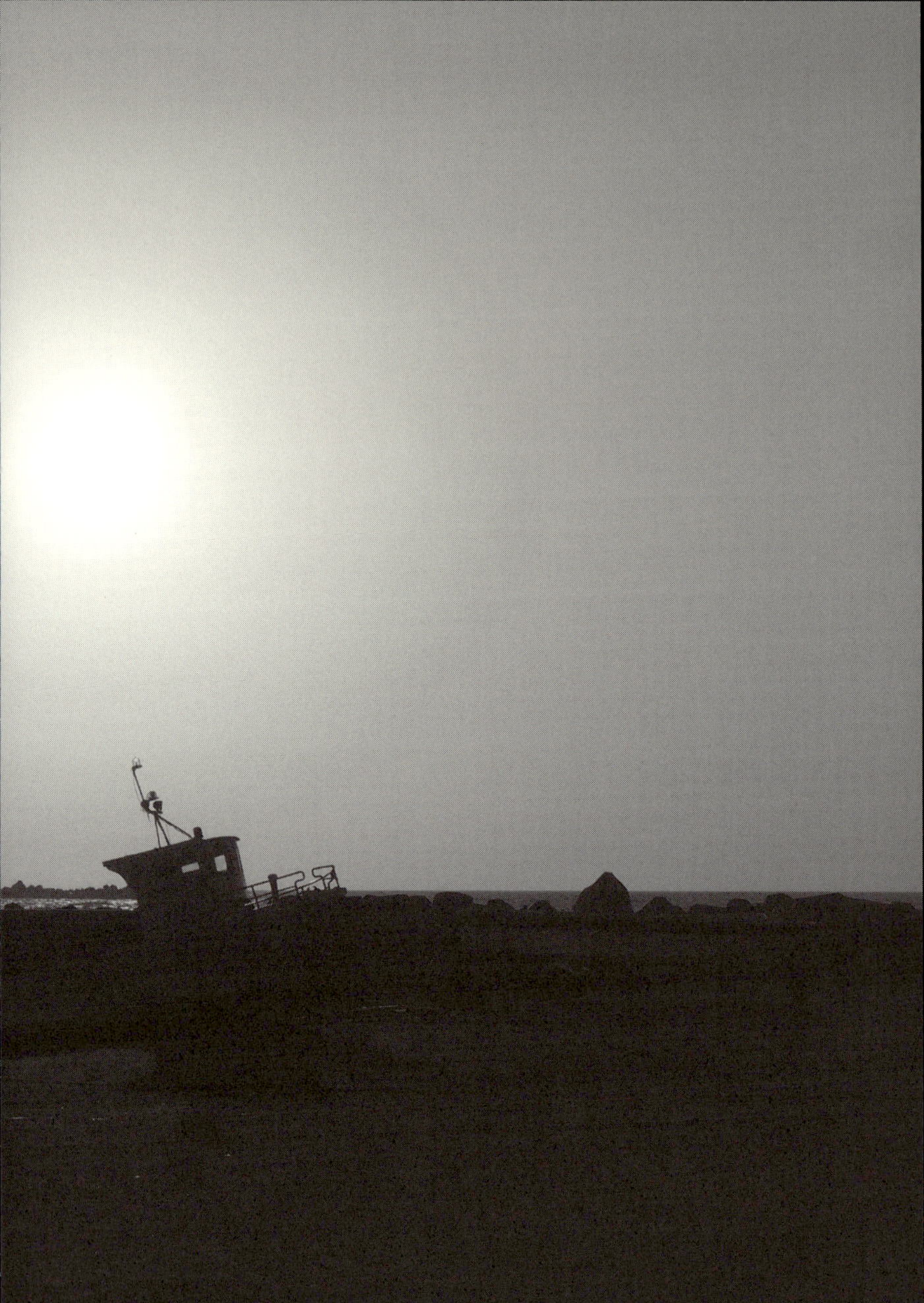

第6回　書く＊優しい鷗外

森鷗外に「長谷川辰之助」という文章があります。長谷川辰之助とは、作家二葉亭四迷の本名で、彼はペンネームこそ古めかしいですが、夏目漱石・森鷗外に先駆けて、言文一致体で人間の心理を書いた人で、日本の近代小説の開拓者と位置づけられています。またロシア文学の翻訳者としても多大な業績を残しました。

次第に文学は男子一生の仕事であるかと疑問を抱くようになり、幾つかの職業を経験した後に、再び小説を発表しますが、朝日新聞の特派員として赴いたロシアのペテルブルグで肺結核のために入院。一九〇九（明治四二）年四月にロシアを出国し、日本へ帰国する途中、五月十日に、インド洋上で亡くなっています。四十五歳でした。

さて森鷗外の「長谷川辰之助」というエッセイは、いわゆる追悼文なのですが、私は実に胸を打たれたのです。

鷗外はこの文章を「小説を書いてゐるのではない」と自戒しつつ、淡々と綴っていきます。彼は小説は「どんなにえらくでも、どんなに詰まらなくでもして見せることが出来る」と言います。だから、亡くなった人のことを、小説を書くような態度で書いてはいけないと、大いに自分を戒めているのです。けれども、二葉亭のインド洋上での最期を想像するとき、鷗外のペン先はその戒めから離れます。彼のイメージの中で二葉亭の最期は安らかです。

異国に倒れ、故国の土を踏むことなく逝かねばならなかった作家の今わの際は、現実には絶望に満ちて悲惨なものだったでしょう。揺れる船・見知らぬ人々・眩暈に微熱に喀血……作家の眦《まなじり》に無念の涙があったことでしょう。

しかし鷗外はそれらを書かずに、臨終の二葉亭に満天の星を見せ、澄んだ空気を吸わせ、さらには東京の彼の家の机に置かれたランプの火影さえ見せて、静かに眠るように逝かせています。

そしてペンを止めてふと我に返り、「あ丶。つひつひ少し小説を書いてしまつた」と反省するのです。しかし「小説」にあらざる場所に「小説」を書いた、これが二葉亭への思いなのでしょう。そして「つひつひ」小説を書いてしまう鷗外という人間に、私は実に好感を覚えます。肖像もいかめしく近寄りがたい文豪の素顔に接したような気がするからです。同時に、偉大な作品群を支える彼の感性や価値観の一端を垣間見た思いがするのです。

このエッセイを彼は本名の「森林太郎」として発表しています。

軍人であり医者であり作家であった鷗外は、自分の墓にはそのどの肩書きも書かず「森林太郎墓」とだけ刻んだ人物です。

森林太郎が長谷川辰之助を書く。文学だけには生きられなかった、しかし文学によって名を残した二人の天才が会ったのは、この前年に一度だけ。わずか一時間の出会いでした。

思う＊網野菊の純情

網野菊という作家がいます。彼女は一九〇〇（明治三三）年東京に生まれましたが、六歳のときにお母さんが姦通罪で獄中に入り、離縁されて家を去りました。以後三人のお母さんを迎えることになります。

これら四人の母たちや異母きょうだいのこと、また彼女自身の結婚と離婚、それから心から尊敬していた志賀直哉のことなどが、作品の主なテーマとなりました。

いつも謙虚で、生活も質素でしたが、大変な教養人で、英語・フランス語・ロシア語等の語学をよくし、また歌舞伎・能・文楽等の古典芸能への関心と愛情は、並々ならないものがありました。十六歳から七十八歳で亡くなる前年まで書き続け、生涯に翻訳書を含めて二十七冊の著書を刊行しています。評論家の江藤淳は網野作品から感じられる「ひとり暮しの凛々しさが好き」だと書いています。

この網野菊が、半世紀にわたって思い続けた人がいるのです。洋画家の中村研一という人ですが、たった二度しか話したことのない彼を、彼女は生涯忘れることができませんでした。

二十歳で出会ってから彼の死を知るまで、実に四十七年間にわたって思慕し続けています。

出会いからの数年間を描いた「若い日」という作品の中で、彼女は、こんなことを言っています。たとえこの恋が片恋に終わるとしても、自分は彼に出会ったことを、不幸であるとは思わない。ただ彼に会うことなしに過ぎていく自分の若い日々が惜しまれる、と。自分の若さが、愛する人の目に触れることなしに失われていく、それが彼女はさびしく、苦しかったのでしょう。

歳月を経て、互いに世に知られるようになり、公の席で彼の姿を見かけることもありましたが、そのたびに彼女は彼に声をかけるどころか、視線を合わせることさえできません。高鳴る胸を押さえながら、身体を硬くしているだけなのです。

そして、ただ彼が生きていてくれてよかったという喜び、自分も生きて彼に会うことができてよかったという喜び、に包まれながら、その日見た夕映えを「ずっと忘れずにいるだろう」と思うのです。

淡くはかなく、みじめな恋であったようにも見えます。しかしそこには、人を「思う」ということの根源的ともいえる姿があります。

彼女は相手に何をも求めません。ただその人が自分と同じ時代に生きていてくれることを感謝し、その人に会いたいと切に願い、会えたときにはあふれるほどの喜びで満たされるのです。

網野菊の純情は、人を思うとはこういうことだったのだと、思い出させてくれます。

その人が亡くなったのを知ったとき、なぜか彼女は泣くことができませんでした。

しかし半年後に人形浄瑠璃を見に行き、三味線の音色を聴いているうちに、突如、彼の不在が思われて、熱い涙を流しています。

第8回　焦がれる＊ATIKA（アティカ）

美しい意味を持つ、美しい響きの言葉があります。

新潟大学法学部教授の吉田和比古先生とお話ししていたとき、私はその言葉と出会いました。

吉田先生は、ドイツ語とマス・メディア論がご専門で、ユーモアと洞察に満ちたお話は大変面白く、現在は新聞やテレビのコメンテーターとしても、ご活躍なさっています。

十年前先生は、私が非常勤でお世話になっていた長岡高専に、新潟大学から出向というかたちでいらっしゃっていました。

ある日、私が授業を終えて非常勤講師室に戻りますと、先生は椅子に凭《もた》れて、煙草をくゆらせていました。テーブルの上に投げ出された煙草のパッケージは、白地に深緑の囲みがついたきれいなデザインで、中程に鮮やかな赤でくっきりと「ＡＴＩＫＡ」（エイ・ティー・アイ・ケイ・エイ）＝アティカと書かれています。

ドイツの煙草です、と先生は言い、しばらく煙の行方を目で追っていましたが、やがていつになくしんみりとした調子で、ドイツに留学していた頃のことを話し始めました。

――底冷えのする深夜のベルリンの街を、私は歩いていました。友人たちと酒場で愉快に過ごしての帰り道、家々は寝静まり、石畳に自分の足音だけが響いていました。部屋に戻り、コートも脱がずにしばしぼんやりと佇んでいると、ふっといわれない淋しさにとらわれました。私はその感情に戸惑い、それを誤魔化すかのように、コートのポケットを探りました。

取りだした煙草の箱の、白地に赤くＡＴＩＫＡの文字が、その時に限ってなぜか気になって、一瞬見入ってしまったのです。ギリシア語で「ふるさと」を意味する「ＡＴＴＩＫＡ」（アッティカ）という語とどことなく共鳴しあうなと思いながら。

「アティカ……」と私は呟き、そして次に何気なく逆の方から読んでみました。

エイ・ケイ・アイ・ティー・エイ……ＡＫＩＴＡ……そこにあったのは「アキタ」という文字でした。それは私の故郷の名前だったのです。アキタ――秋田――私の故郷！　そう思ったとき、どっと涙が出ましたよ――

話し終えると先生は、燃え落ちそうになっている煙草を、そっと灰皿に戻しました。

私はこのエピソードに激しく打たれていました。アティカとアキタがそっと抱き合うように一つの言葉に結晶していたという偶然は、異国に学ぶ先生の胸をどんなに熱くさせたことでしょう。

私はそのときの先生の滾るような郷愁を思い、少しの間言葉を失いました。後に吉田先生はこうおっしゃいました。「たった一つの言葉がこれほどまでに心をゆさぶるものなのだと知ったとき、言葉も、そして言葉に揺らぐ人の心も、どちらも、とてもいとおしく思われました」と。

あの日、アティカという言葉を知った日、窓の外にポプラの綿毛が飛んでいました。

部屋にかすかに残った、郷愁という名の匂いを、私はそっと嗅ぎました。

第9回　歩く＊新潟に来た山頭火

「分け入っても分け入っても青い山」「どうしやうもない私が歩いている」などの自由律俳句で有名な種田山頭火は、山口県の大地主の家に生まれましたが、十歳の時、母が井戸に身を投げて自殺。その遺体を目撃したことが、彼の人生に大きな影を落とします。

家が没落し、大学中退後父と始めた酒造業は倒産。以後何をしても、うまくいきません。結婚して子供をもうけますが離婚。酔って路面電車を止めたり、無銭飲食で捕まったり、自殺未遂をしたり……と句の中で彼自身が「どうしやうもない私」という、そのままの人生であったように見えます。

しかしその「どうしようもなさ」に埋没して生きたからこそ生まれ出た、数々の名句でもありました。

やがて彼は墨染をまとい托鉢の旅に出ます。「どうしやうもない私」の生を前へ進ませるには、ただ自分を歩かせるしか、すべはなかったのかもしれません。歩くという行為のみが、彼を、生きてあることの憂鬱から救ったのでしょう。

彼と酒の関係も、歩かずにおれなかったことと同質のものではなかったかと思われます。彼は、酒を飲みやがて酒に呑まれて乱れるのが常でしたが、泥酔し、現実を忘れることで、束の間の安息を得ていたのではないでしょうか。

この山頭火が新潟にやってきたのは、昭和十一年五月末から六月初のことでした。

その前の年に自殺未遂をした彼は、「死に場所を求めて」旅に出て、ここまで来たのでした。

最初に立ち寄ったのは、長岡の俳句仲間、小林銀汀のところでした。信濃川産の生鮭や蕎麦と、一番風呂でもてなされ、句会も催してもらっています。翌日の日記には、ほがらかに目覚めたこと、身も心ものびのびと感じられること、午前中は互尊文庫で読書したこと、などが綴られています。

ところで、小林銀汀は写真館を営んでいました。彼はスタジオに山頭火を連れて行き、正面から横から……と数種類の写真を撮っています。何れも真面目なたたずまいの、こころなしか淋しげな面差しで、銀汀も山頭火の様子を「何んとなく淋しそうであった」と回想しています。

その後山頭火は、出雲崎・新潟・村上・瀬波……と、初夏の越後路を歩いていています。

越後の自然と人情が、彼に何を思わせたでしょうか。

ともあれ、かの山頭火は新潟にやってきたのです。この地を歩き、ここで語らい、そしておそらく酒をしこたま浴びて眠ったのです、彼がいつもそうであったように。

彼の人生の泥濘は極めて深刻なものでしたが、それに足をとられそうになりながらも必死に前へ行こうとしていました。歩くことで、書くことで、そして酒を飲み今を忘れることで……

〈うしろ姿のしぐれてゆくか〉〈しぐるるや道は一すぢ〉

山頭火の一筋の道を思いながら、新潟の野や山や町を行く彼の後ろ姿を瞼に描くのです。

第10回 運ぶ＊宅配便の中の新聞紙

石川啄木没後一〇〇年の今年、各地で様々な催しがなされ、新聞紙上にも「啄木」の文字がたくさん見られるようになりました。この様子を、二十六歳の若さで無念のうちに亡くなった啄木に知らせてあげたかったと、しみじみ思います。

ところで、啄木は彼自身が豊かな人間関係を築いただけでなく、人と人とを出会わせてくれる名人でもありました。私が啄木と関わっていてよかったと思うことの一つは、彼をとおして、多くの人と知り合えたことです。出会いのかたちは様々ですが、面白い出会いもいくつかあるのです。

昨年秋、国際啄木学会の大会が盛岡で開催されましたが、その折、札幌からいらっしゃっていた森田敏春さんという方から声をかけられました。

森田さんは、新潟の新聞を読んで以前から私のことを知っていた、とおっしゃるのです。私は地元の新聞に何度か連載させていただいたことがありますが、北海道の方が、新潟の新聞を、どうして？　と不思議に思いました。

森田さんによりますと、奥さまが新潟県のご出身で、お姉さまが定期的に新潟のお米を送ってくださるのだそうです。数年前のある日、いつものように美味しい岩船米が宅配便で届けられたときのこと。隙間を埋めるために入れられた新聞紙にふと目がとまり、くしゃくしゃになった紙面を伸ばして眺めていますと、「啄木と郁雨」という記事が目に入り、その場で読みふけったそうです。かねてから啄木に大いに興味を持っていた森田さんは、次に送ってくれるときも、この連載が載っている新聞を入れてくれるように、とお姉さまに頼み、それからは岩船米と一緒に、必ずその記事も届くようになったとのことです。

ところで、もう一つの偶然がありました。連載が終わった年の秋に、函館で啄木学会創立二十周年記念の大会がありました。森田さんは一般客として参加。函館駅から会場へ向かうバスに乗り、前の座席の会話を聴くともなく聴いていますと、何と私の噂をしていたそうです。

「山下多恵子」という名前を耳にした森田さんは、思い切ってその人たちに話しかけました。「長篇連載のあの記事は単行本になりませんかね」と。「ああ。本になるようですよ」と応えたのは、湘南啄木文庫主宰の佐藤勝さんでした。おそらく日本で一番啄木関係の資料を集めている人で、私も大変お世話になっている方です。

そのときの会話が縁で、森田さんと佐藤さんは親しく資料をやりとりするようになり、今では森田さんは国際啄木学会の一員となって、ご活躍なさっています。新潟から北海道まで、宅配便が運んでくれた新聞紙が「途轍もなく広い世界」に自分を連れ出してくれた、と森田さんはおっしゃっていました。

第11回　感じる＊山をゆく賢治

山の木々がそれぞれの青さを競う頃になると、ひとりの青年を思い出します。色が白くて目が細くて、いつもやさしそうな顔をしている坊主頭の青年です。身長は一六三〜四センチ、体重は約六十キロ。張りのあるいい声をしていました。

彼は野山を歩くときにはいつも手帳を持ち、言葉が湧いてくると、首からつるした鉛筆で、それにぐんぐん書き付けていきました。こんなふうに。

「風がどうと吹いてきて、草はざわざわ、木の葉はかさかさ、木はごとんごとんと鳴りました」

次のような文もあります。

「まはりの山は、みんなたつたいまできたばかりのやうにうるうるもりあがつて、まつ青なそらのしたにならんでゐました」

　私たちは山を見たり、風の音を聞いたりしても、こんなふうには見えないし、聞こえないですね。しかし彼の目と耳には、山はうるうる盛り上がり、風はどうっと吹くのです。

　彼、宮澤賢治は、童話集『注文の多い料理店』の序文で、本の中のお話は、みんな林や野原にいたときに、虹や月明かりからもらってきたものだ、と言っています。そして、この自然から貰ってきたお話が、あなたの、このお話を読んだあなたの、すきとおったほんとうの食べ物になりますように、と書いています。

　みんな自然からもらったという彼の言葉を、私はレトリック（言葉を飾ったもの）だとは思わないのです。彼はほんとうに、自然から、これらのお話を聞いてきたのでしょう。彼の全感覚・全神経が受け入れ態勢にはいって、そこにすーっと自然が語る言葉たちが入ってきて、それをそのまま賢治は私たちに伝えてよこしたのでしょう。

　そう考えてしまうほど、童話の言葉は、自然のみずみずしさにあふれているのです。

彼は見えすぎる目を持ち、聞こえすぎる耳を持ち、そして私たちには見えないものを見、聞こえない音や声を聞いていたのではないか、と思われます。ところで、どこか人間離れした、と言ってもいいほどに、あまりにも感じやすかった宮澤賢治という人間が、この世に生きていくことは、かなり辛いことなのではなかったでしょうか。

花巻農学校に勤めていた頃の教え子が、素晴らしい先生だったけれども、いろいろ妙なところがあった、と言っています。月の光を浴びて光るススキの中を泳ぎまわったり、鳥や花と一緒に歌ったり、レコードをかけて、でたらめな踊りを踊ったり、急に走り出して、奇声をあげたり……

このような楽しそうにも苦しそうにも見える姿を知りますと、いつも全神経を、自然の中に開放させて風の言葉さえ聞きとることのできた宮澤賢治が、うらやましくも、また少し気の毒にも思われるのです。

第12回　悩む＊青春の太宰治

埼玉の高校に勤めていた頃のことです。六月十九日にはいつも、教室がほんの少しさびしくなりました。文学好きな生徒たちが、授業をサボって、三鷹の禅林寺で催される桜桃忌に行くからです。

『斜陽』『人間失格』などの作者で、今もファンの多い、作家太宰治が、知人の女性とともに玉川上水に身を投げたのは、昭和二十三年六月十三日のことでした。その六日後の十九日に遺体が発見されましたが、その日はくしくも彼の三十九回目の誕生日でした。

「桜桃忌」という名前は、短篇小説『桜桃』（サクランボのことですね。それ）に由来しています。

ところで、授業をサボって桜桃忌に出かけた生徒たちは、翌日その様子を、目を輝かせて報告するのでした。あふれるばかりの花やサクランボや酒・煙草などが手向けられたお墓の前で、全国から集まってきた何百人もの太宰ファンの人たちと、ともに手を合わせたことが、彼らを興奮させているようでした。

自殺や心中未遂を何度も繰り返した太宰治を、弱い人間だとして嫌う人もいるようですが、若者を中心にファンは今も増え続けているようです。

太宰をこよなく愛した、評論家の奥野健男は、「太宰が若い人々の心を惹く最大の理由は、いつまでも青年の魂を持っていたからではないか」と書いています。人は大人になると、傷つくのを恐れて、心を鎧甲で武装するものだが、太宰はいつまでも「裸の心」をさらし続けた、とも言っています。

若者の感じやすく傷つきやすいナイーブな心を、奥野は「裸の心」と表現していますが、太宰の「裸の心」は、世間の常識や文壇の論理という矢に鋭く射貫かれて、のたうっていたのだと思います。彼は他者との関係に苦悩し、絶望し、さいごは自分に「人間失格」の烙印を押したのです。

しかし「人間失格」という言葉は、では「人間」とは何なのか、ということを私たちに問いかけずにはいません。彼の苦悩する姿、問いかける姿が、生きることに迷い悩む若者たちの共感を呼ぶのでしょう。

さて、教え子たちと太宰文学の魅力について語り合っていた頃は、私自身も彼らとさほど年の違わない、若者のひとりでした。それから幾十年を生きて、太宰は若者だけのものではないな、と感じています。人間として、実に教わるところが多いのです。沁みてくるのです。

しかもその文章の美しさ・巧みさは、同時代の作家たちの中でも、群を抜いているように思われます。太宰文学の読み解き方はいろいろあるにしても、名文であることだけは紛れもないことで、太宰治という人間が、身を賭して綴った作品とその文体を、ひとりでも多くの人に味わってほしいと思うのです。

第13回　写す＊林の中で

昨年の夏、北海道の北の方を旅しましたが、途中旭川の三浦綾子記念文学館に寄りました。

この文学館は、見本林《みほんりん》という名の、大きな林の一角に建っています。見本林は正式には外国樹種見本林《がいこくじゅしゅみほんりん》といって、三浦綾子の小説『氷点』の舞台にもなっているところです。

外国の樹木が日本の寒冷地で育つかどうかを観察するために、明治三十一年に植林された国有林で、現在は五十種類以上、六〇〇〇本もの樹木が植えられているそうです。

記念館をひととおり見た後、林の中を歩いてみることにしました。ウッドチップの敷かれた小道をゆっくりと行きました。雨上がりで空気が澄み、木の匂いがふんだんにします。高さ三十メートルもあろうかという木々の下を歩いていますと、外国にいるような気分になりました。

三浦綾子は、夕陽を受けた高いストローブ松の梢が風に揺れる様子を、「幾本ものストローブ松が、ぐるりぐるりと小さく天をかきまわしているよう」と表現していますが、天にも届こうというこれらの木を見上げていますと、なぜか木と空のあわいを写真に撮ってみたい、という思いに駆られました。急いでバッグから出したカメラを、上に向け、闇雲に撮り続けているうちに、しだいに「楽しい！」という気持ちがこみ上げてきました。

カメラは取材のために、主に人物を撮る目的で買ったもので、普段、持ち歩くということはなかったのですが、見本林でのこの体験以来、どこへ行くにもカメラを手放せなくなりました。

ファインダーの向こうにある景色——そのどの部分をどのように切り取ろうか、と思いを廻らしているときは、胸が高鳴ります。特に木を見ると撮りたくなってしまうのは、見本林で写真に目覚めたからでしょうか。色やかたちだけではなく、その場の雰囲気や音や匂いさえも写すことができたら、どんなに素敵かしら、と思います。何の技術もないのに、そんなことを考えている自分に気づくとき、「下手の横好き」とは、こういうのを言うのだなぁと、思わず苦笑してしまいます。

写真集を眺める楽しさも知りました。悲惨な場面をそのまま記録して、鋭く訴える写真もあれば、自然や人のいい表情を伝えて、忘れていた美しい感情を思い出させてくれる写真もあります。

自ずから語り出す写真を見ていると、文章とはまた違う魅力を感じます。「写す」（＝写真に撮る）とは、目の前にあるものを、そのまま「移す」（＝移動する）ということなのでしょう。シャッターが切られたその瞬間、時間も空間もカメラの中に移動し、封じ込められ、私だけのものになるのです。

外国樹種見本林――一〇〇年以上も前に外国からやって来て、旭川の厳しい寒さの中ですくすくと育った木々たちが、私に写真の楽しみを教えてくれました。今年もまた、あの林に会いに行こうかと思っています。

第14回　忘れる＊かなしみについて

「男もすなる日記といふものを、女もしてみむとて、するなり」（男の人も書くという日記というものを、女である私も書いてみようと思って、書き記すのである）

このように書き始められる『土佐日記』は、平安時代の代表的な歌人で、『古今和歌集』の編者のひとりでもあった紀貫之が、女性を装って、仮名文字で綴ったものでした。

彼は、役人として土佐（現在の高知県）に赴き、四年の任期を終えて、京都に帰ってきますが、『土佐日記』は帰京までの五十五日間を記したものです。

男性である貫之が、自らを「女」であると宣言してまで、従来の漢文体ではなく、主に女性が使っていた仮名で書いたのはなぜか……諸説ありますが、仮名にすることによって、人情の機微を豊かに伝え得たことは確かなことでした。また和歌を取り込むことができたことも、この旅日記にふくらみを与えているように思われます。

私は仮名にしたかった大きな動機として、彼の「かなしみ」というものについて考えてみたいのです。旅の間にしばしば思い出されるのは、京都から連れて行って、赴任地の土佐で亡くした幼い娘のことです。停泊中の船の上で、妻と歌を交わしながら、娘を偲ぶ場面があります。そのとき、文体は女性でありながら、貫之は父の心となっています。

妻は歌います。

「寄する波うちも寄せなむ　わが恋ふる人忘れ貝　下りて拾はむ」（寄せる波よ。どうか忘れ貝を持って来ておくれ。そうしたら、恋しいあの子を忘れるために、私は浜辺に下りて、その貝を拾うから）

夫である貫之は応えます。

「忘れ貝拾ひしもせず　白玉を恋ふるをだにも　かたみと思はむ」（忘れ貝など、拾ったりしないよ。真珠のように大切だったあの子を、恋しく思うこの気持ちが、

あの子の形見と思いたいから）

母は、忘れ貝を拾わなければならないほどにつらい、いっそ忘れてしまいたいと言う。父は、どんなにつらくても、拾いたくない、忘れたくない、と言う。

貫之は知っていたのではないでしょうか。忘れ貝を拾っても、忘れることなど、できないということを。かなしみは、それをじっと抱きしめているしかありません。泣きたいときは無理に笑わずに、存分に涙を流すしかないのです。人間の感情とはそのようなものであるということを、彼は知っていたのだと思います。

貫之は娘を失ったことが、悲しい、堪えられない、忘れられない……と、どうしても書き残しておきたかったのではないでしょうか。その感情をまっすぐに表現するためには、かな文字を使う女性にならなければならなかった。そう思われてなりません。

『土佐日記』は、京都の家に帰ってきて、この家で生まれた娘を連れて戻ることのできなかったかなしみを、今さらながらに嘆いているところで終わっています。

第15回　励ます＊川端康成と北條民雄

学生の頃、北條民雄の『いのちの初夜』をノートに書き写している友人がいました。一字一句がいとおしく、勿体なく思われて……と言いながら。友人をかくも感動させた小説『いのちの初夜』は、川端康成がいなければ、世に出ることはありませんでした。

北條民雄は昭和九年五月、十九歳と八ヶ月のときに、東京都東村山市にあるハンセン病療養所に入所しました。当時は特効薬がまだ開発されておらず、ハンセン病は死に向かって、病み崩れていく病気でした。しかも隔離政策が強力に推し進められた結果、この病気が伝染性の強い、恐ろしいものだという印象が植え付けられ、患者や家族への差別がいやがうえにも増していったのです。「北條民雄」というのも偽名でした。

入所して三ヶ月後に、北條は川端康成に手紙を書きます。彼は自分と文学とののっぴきならない関係を縷々《るる》説明します。行く手にあるのは死のみ、という状況にあって、自分に生きる方向を示すものがあるとしたら、それは文学しかない、と。そして、いま原稿を書いているけれども、それが完成したらどうか見てほしい、と頼んでいます。

このとき川端は三十六歳。すでに『伊豆の踊子』や『禽獣』など、代表的な作品をいくつか書いています。見ず知らずの、しかもハンセン病を患った人からの突然の手紙に彼は戸惑ったと思います。文学、文学と……書いているけれど、作品を同封しているわけでもなく、そのうえ宛名の「川端」の「川」の字が間違っていました。しかし彼は返事を書き、原稿を読むことを約束しています。

北條が原稿を送ると川端は「感心しました」「立派なものです」「発表に値します」とほめ、自信を持って書き進めていくように、と言ってやります。そして目の前の小さな文壇にとらわれたり、はやりの小説を読んだりしないで、価値の定まった名作を読みなさい、と教えます。北條には時間がないということを川端は知っています。本物だけを読み、自分も本物を書きなさい、ということだったと思います。それを世に出すのは自分の仕事、と川端は請け合っています。

川端に見守られながら書き上げた『いのちの初夜』は、文芸雑誌の新人賞を取り、芥川賞候補となります。北條民雄、満二十一歳の時のことです。以後北條は二十三歳と二ヶ月で亡くなるまで、死と向き合いながら、生きる方向を模索しますが、そのかげには、徹頭徹尾、彼をほめ、そして励ました、川端康成の存在がありました。

北條民雄は川端に一度会いに行っています。家を訪ねるのを遠慮して、近くのおそば屋さんで話しました。結核で亡くなる一ヶ月くらい前の日記に、北條は次のように記しています。

「自殺は考えるな。川端先生の愛情だけでも生きる義務がある」

北條が亡くなったとき、川端は北條のお父さんよりも先にやって来て、彼の亡《なき》骸《がら》と対面しています。

第16回　降る＊都の雨

雨の季節には、雨の歌が思い出されます。

フランスの詩人ポール・ヴェルレーヌの次の詩も、雨の日に口ずさみたくなる歌の一つです。

「都に雨の降るごとく／わが心にも涙ふる。／心の底ににじみいる／この侘しさは何ならむ。」

鈴木信太郎の名訳でよく知られている一節です。詩の中でヴェルレーヌは、心に涙の雨を降らせながら、しかしなぜ泣けてくるのか、わからないと、言っています。なにゆえわびしいのか、どうしてこんなに悩ましいのか、彼は自分の感情を説明できません。ただ狂おしいほどにさびしくかなしく悩ましいのです。雨のものがなしさに託して、人間存在そのものの侘しさを歌っているかのようです。

この詩が収められた詩集『言葉なき恋歌』が、著者のヴェルレーヌのもとに届いたのは、一八七四年三月のことでした。その時彼は三十歳。監獄の独房の中でした。友人であり恋人でもあったと言われる詩人アルチュール・ランボオを撃った弾丸二発のうち、一発が左手首に命中し、ヴェルレーヌは獄中の人となっていたのです。

その三年前に二人が出会ったとき、ランボオは十七歳でした。無口で粗野だけれど、背が高く美しい顔立ちのこの少年に、ヴェルレーヌは身も心も囚われてしまいます。彼は少年を連れて夜ごとパリの巷をさまよい歩き、街の噂になるまでに退廃的に過ごしますが、ついに妻子を残して、二人で放浪の旅に出ます。先の発砲事件は、それらの日々の果てに、ランボオを失いたくないヴェルレーヌが激情に駆られて起こしたものでした。

監獄を出た後、ヴェルレーヌは相変わらず破滅的な生活を送りますが、その中から美しい詩をたくさん生み出します。一方ランボオは十九歳にして詩ともヴェルレーヌとも訣別します。アラビア半島やアフリカなど世界各地を転々とし、軍人・冒険家・貿易商など様々な職業に就きますが、全身を癌に侵され三十七歳で亡くなっています。

ところで、先の「都に雨の降るごとく」の詩の前に、エピグラフといいますが、短い句が引用されています。ランボオの「都には蕭《しめ》やかに雨が降る」という言葉です。不思議なことにこの言葉は、彼の作品のどこを探しても見つからないのだそうです。おそらくはヴェルレーヌは、本の活字や紙に書かれた文字ではなく、記憶の中のランボオの肉声を書き留めたのだと思われます。

雨に煙るパリの街。むつまじかった頃の二人。雨音に重なるランボオの若い声を、ヴェルレーヌは夢見心地に聴いていたのに違いありません。

「都には蕭やかに雨が降る」——いとしいランボオの呟きを前奏にして、「都に雨の降るごとく……」と歌い始めたヴェルレーヌの詩は、国境を越え時代を超えて万人の心を濡らすのです。

第17回　佇む＊安吾の碑

新潟出身の作家坂口安吾に「文学のふるさと」というエッセイがあります。「文学のふるさと」すなわち文学が生まれるそのいちばん最初のところ、そこに何があるのか。安吾はこう言っています。「絶対の孤独――生存それ自体が孕んでいる絶対の孤独」、文学はそこから始まる、と。つまり人間は孤独だから書くのだ、というのです。

人間は孤独だ。生きている、そのこと自体がとてつもなく孤独なものなのだ――安吾のこのような人生観は、彼の生い立ち、特に両親との関係に深く根ざしていると思われます。厳格で子どもの自分に無関心な父と、自分を憎んでいるとしか思われない母……一連の自伝的小説からは突き放された人間の悲しみが伝わってきます。家や学校に馴染まず反抗し続けたのも、両親に愛されたという実感を持てないままに成長していった安吾の、さびしさの表れであったように思われます。

この坂口安吾の碑が、新潟市の護国神社に建っています。そこに彫られた「ふるさとは語ることなし」という言葉は、孤独を栖《すみか》としていた彼の、ふるさとへの痛烈なメッセージであると言えるでしょう。

語ることなし――これほど厳然と拒絶する言葉を私は知りません。ふるさとについて語ることなど何もない、と断言しているのです。

ところで、この言葉を指して、安吾は言葉にならないほどふるさとを愛していたのだ、と解釈する人もいます。石川啄木に「ふるさとの山に向ひて／言ふことなし／ふるさとの山はありがたきかな」という歌がありますが、この歌の「言ふことなし」と安吾の「語ることなし」を、ほぼ同じ意味に捉える見方です。一見似ている二つの語句ですが、しかし、果たして同じと取っていいのでしょうか。「ふるさとの山に向ひて／言ふことなし」――「言ふことなし」とは、満たされて言葉などいらない状態ですね。啄木は、ふるさとの山を前にして、感無量の思いで佇んでいます。彼がふるさとに理屈なしに受け入れられ、満たされていると感じることができるのは、そこが、親に確かに愛されたという幼い頃の記憶につながる場所であるから、でしょう。

しかし安吾の「語ることなし」は、言葉にならない、というよりも、言葉にしたくない、と言っているように、私には聞こえます。安吾と新潟の関係は、啄木と岩手の関係のようなわかりやすいものではありません。

彼は無頼派の作家と呼ばれました。既成のモラルや価値観に寄りかからず、むしろそれらに反逆しつつ生きて、書いた人であったのです。そして無頼派安吾を作ったのは、彼に孤独を教えた、ふるさと新潟であったのではないでしょうか。「ふるさとは」に続けて「語ることなし」と瞑目せざるを得なかったことの中にこそ、啄木とは異質の、強い郷愁を私は見るのです。

第18回　あふれる＊「十七歳」

十代の頃、５７５７７のリズムが私の身体の中を流れていました。その頃の歌を書き留めておいたノートは、たびたびの引っ越しでどこかに紛れてしまったのですが、それを探そうとも思わないのです。ただ歌うことにひたむきであった遠い日の自分を思うと、なんだかしみじみとした気持ちになります。

その頃の私が、今の私に会いに来たら……彼女はどんなことを思うだろう。そんなことを考えたのは、最近ある詩と出会ったから、に違いありません。

戦後の思想界に決定的な影響を与えたといわれる詩人の吉本隆明は、今年の春に八十七歳で亡くなりましたが、先日彼の「十七歳」という詩を読んで、しばし胸を熱くしました。短い詩です。

「きょう／言葉がとめどなく溢れた／／そんなはずはない／この生涯にわが歩

行は吃りつづけ／思いはとどこおって溜りはじめ／とうとう胸のあたりまで水位があがってしまった／／きょう／言葉がとめどなく溢れた／十七歳のぼくが／ぼくに会いにやってきて／矢のように胸の堰を壊しはじめた」

六十代後半の詩です。彼は、思うことが言葉とならずに、胸の中で堰き止められていると感じています。思いだけがどんどん溜まって苦しいのです。けれどもついに思いは堰を切ってあふれ出ます、言葉となって。それは十七歳の自分が会いにやって来たから。そして今の自分の胸の閊《つか》えを取り払ってくれたから。

ところで吉本隆明にとって、十七歳とはどのような意味を持つ年齢だったのでしょうか。

昭和十七年、十七歳のとき、彼は米沢高等工業学校に入学します。そこで文学と出会い、本格的に詩を書き始めるのです。特に宮澤賢治に傾倒し、「雨ニモマケズ……」を墨で書いて、寮の天井に貼っていました。自分もこのような人になりたい、といつも思っていました。十七歳は彼の文学の原点であったといえましょう。第二次世界大戦下の暗い時代でした。その頃彼はどんなに真摯に時代や人生について考え、言葉を探ったことでしょうか。

そのように生きていた十七歳のときを思い出さなければ、言葉は甦らなかったでしょう。またあふれんばかりの思いを抱え、言葉を求めている今の彼がいなければ、やはり言葉は帰ってきてくれなかったでしょう。半世紀の時を経て、十七歳の自分を求めることのできる吉本隆明の心の若さ、たおやかさも思うのです。

さて、あなたは何歳の自分に会いたいでしょうか。また、未来のあなたが会いたいと思う今を生きているでしょうか。私は、歌を作っていた頃の自分が会いに来てくれるような、そして未来の私も会いたいと思ってくれるような、そんな今を生きなければ、と思っているところです。

第19回　信じる＊啄木の妻節子

石川啄木の妻節子は満十三歳で同い年の啄木と知り合い、その六年後に思いを貫いて結婚しました。結婚式に花婿である啄木が欠席したのは有名な話です。この時花嫁の節子に同情して、離婚を勧める啄木の友人たちに、彼女は「吾れはあく迄愛の永遠性なると言ふ事を信じ度候。」と書いて送りました。この愛は永遠である、と彼女は闇雲に信じていたようです。その根拠は何だったのでしょうか。

節子は英語を話しバイオリンを弾き、詩人に憧れる少女でした。一方啄木（本名石川一《はじめ》といいますが、彼）は、理想の人物は？　と問われて「未来の石川一君」と応えるような少年でした。その頃の彼は、自分が選ばれた特別な人間（＝天才）であるということを微塵も疑いませんでした。

節子がどんなときも啄木についていった、その思いの原動力は、そこだったと思います。彼は天才なのだ。私は天才の妻なのだ、と信じていられたこと。啄木が節子を選んだ理由もまた、彼女が自分の天才を信じてくれているという、その部分が大きかったのではないかと思われます。

二人のその後がどのようなものであったのか……啄木の日記に記された「世の中に、妻として節子ほど可哀想な境遇にいる者があるだろうか？」という言葉から窺うことができるでしょう。

病と貧困に押しつぶされて、疲れ果て、やつれ果てた後年の節子は、「詩人の妻」「天才の妻」という誇りとは、ほど遠いところにいたように見えます。

しかし啄木の死後、彼女自身が亡くなるまでの一年間は、文学者の妻として見事としか言いようのないものです。啄木が亡くなったとき節子は八ヶ月の身重でした。五歳の長女京子の手を引いて房州の館山へ行った彼女は、啄木の友人に頼まれて、小説のリストを作っています。作品と日記を照合し、年代を特定していったのです。もうだいぶ結核も進んでおりましたし、おまけに臨月の、大きなおなかを抱えて、かなり大変な作業であったと思います。まとまったものを友人宛に送った翌日に、次女の房江が生まれています。

全集二巻分を占める膨大な量の日記も、節子の意思で残されました。「啄木が焼けと申しましたんですけれど、私の愛着がさせませんでした」と、節子は言っています。

啄木にとって書くということがどれほどの意味を持つものであったか、ということを彼女は知っていました。焼き捨てればただの灰になってしまうと思えば、とても焼くことなどできなかったでしょう。それを節子は自分の「愛着」と言っていますが、妻としての愛着だけではない何か、を私は感じます。それは、信じていたから。夫の文字が後の世に残るものであるということを信じていたから。そのように思われてならないのです。

第20回　生きる＊さいごの言葉

国際啄木学会で出会った一人に、池田千尋《せんじん》さんという方がいます。和歌山県田辺市にある曹洞宗養命寺のご住職で、現在八十一歳。石川啄木や大逆事件の研究家としても知られる方です。

お父さまの千丈《せんじょう》さんは、昭和六十三年に一〇四歳で亡くなったそうですが、その少し前に書き残したという言葉を伺って、私は感じ入ってしまったのです。

千丈さんがさいごにしたためたのは、「ああ、おもしろかった。ありがとう」という文字でした。一〇四年の生涯を「ああ、おもしろかった」と総括し、「ありがとう」と感謝しつつ、生を閉じた千丈さんの人生とは、どのようなものだったのでしょうか。百歳の記念として出版された本には、来し方の思い出が、ご自身の言葉で、生き生きと綴られています。

九歳で出家し、厳しい修行を積んだ千丈さんは、曹洞宗の本山総持寺の管長であった石川素童のお伴をして様々な場所に出向き、著名な人たちの葬儀でお経を読んでいます。明治維新後諸大臣を歴任した井上馨の葬儀のときには、参列していた後の内閣総理大臣原敬《たかし》に「和尚はきれいな声だ」とほめられたということです。

大正四年に養命寺の住職になってからの半世紀も、味わい深く語られます。正月やお盆には朝五時に寺を出て、すべての檀家を回りきると真夜中になっていたこと。日照りの時には松明を焚いて般若心経を一〇〇回唱えて雨乞いをしたこと。辺鄙な場所にあるために学校に行けないでいた子どもたち十数名を寺に預かって、小学校へ通わせたこともありました。産婆さんをしていた奥さまとともども、土地の人々に寄り添い、人々にも愛されて、過ごしてこられたのです。

九十一歳のときには息子の千尋さんとともにインドに出かけ、釈迦の生誕の地や悟りを得た土地など、四大聖地といわれるところを巡っています。

しかし笑顔で語ることのできる思い出ばかりではありません。それまでの天衣無縫な語り口が消え、哀切な口調で「八人子供を生んで、二人だけ残っとる。二人でも生きとってよかった」と千丈さんが呟くとき、六人のお子さんを失った、その六回分の嘆きが思われて、胸を突かれます。

ことにも、ニューギニアで戦死した子が、四年後に遺骨で戻って来たときの悲しみ。あまつさえ箱の中に「陸軍曹長」という肩書きと名前が書かれた木の札しか入っていなかったときの、遣り場のない怒り……先の「ああ、おもしろかった」という言葉は、人の世の喜怒哀楽を噛みしめながら生きてきた、一〇四年間の果てにたどり着いた心境だったのでしょう。

千丈さんは「一人で生まれてきたんやさか、また一人であの世へ帰っていくんや」ともおっしゃっています。生を肯定し死もまた肯定し、この世で出会った人たちに、そして自分の人生そのものに、「ありがとう」と言って去って行ったのです。

「ああ、おもしろかった。ありがとう」——千丈さんの言葉とともに、お父さまを語るときの千尋さんのやさしい眼差しも、私は今思い出しています。

第21回　支える＊友情について

「宮崎郁雨《みやざきいくう》という人物をご存知ですか?」

このように尋ねると、石川啄木に興味のある人なら、即座に「もちろん!」と答えるでしょう。また函館の街で同じ質問をしますと、かなりの人が「知っています」と答えるはずです。

「啄木」そして「函館」——この二つが宮崎郁雨を語るときのキー・ワードなのです。そして彼は新潟とも大いに関係のある人物です。

宮崎郁雨、本名大四郎といいますが、彼は北蒲原郡荒川村(現在の新発田《しばた》市)に生まれました。宮崎家は代々の素封家でしたが、父の代で没落。一家は逃げるように新発田の地を去りました。郁雨が四歳のときのことです。その後郁雨の父は函館で苦労を重ねながら味噌製造業を立ち上げ成功、やがて函館屈指の企業になります。郁雨はその跡取り息子でした。

そんなわけで郁雨は新潟に住んでいた期間は短いのですが、粘り強くて誠実な人柄は、新潟県人に多いタイプかな、と思います。無頼な時期の啄木とも辛抱強く付き合い、物心両面で啄木とその家族を支えました。

特に啄木が北海道を転々とした後に上京を決意したのは、郁雨の後押しがあったからでした。

郁雨がいなければ、啄木は家族を函館に残して、ひとり東京へ行くことはできなかったでしょう。もし東京に行っていなければ、激しく切なく自らを問い続けた『ローマ字日記』の世界も存在せず、その時期を経て大人になっていった啄木を見ることもなかったかもしれません。また、歌集『一握の砂』の歌の構成も、今見るものとは全く違ったかたちのものになっていたに違いありません。

そう考えますと、郁雨は啄木の「生活」のみならず、「文学」にも大きな影響を与えた人物と言っていいと思います。

のちに郁雨は啄木の妻節子の妹ふき子と結婚し、ふたりは義理の兄弟の関係になります。しかしこの友情は、さいごは絶交というかたちで終わりました。が、その経緯については、ここでは触れないことに致します。

啄木没後郁雨は、啄木を伝えることに力を注ぎました。遺稿や遺品を集め、文章や講演で啄木を熱心に伝え、研究者や愛好者たちへの協力も惜しみませんでした。函館の立待岬に啄木一家の墓を建てたのも郁雨です。啄木とともにあった人生、といっていいと思います。

けれども、彼は啄木だけの人ではありません。大正時代には五稜郭において、(当時摂政であった)後の昭和天皇の前で講演をしておりますし、様々な公の仕事にも就きました。函館の名士だったんですね。文学にも親しみ、四〇〇〇首もの短歌を残しています。

その中には、はるかに新発田を偲んだ歌もあります。

古里や　新発田につづく野の道も山も霞めり　わが夢の中

記憶の中に夢のように霞む故郷新発田。郁雨が再びそこに立つことはありませんでした。

第22回　刻む＊年譜について

作家の年譜を見るのが好きです。「見る」というより「読む」というべきでしょうか。

彼がどのような時代や土地や人間関係を背景に、生きて書いたのか。年譜には作家の人生やその作品を理解するヒントがたくさん潜んでいます。特にそれが彼自身によって作成されたものであるならば、より正確な情報となり得るに違いない……そう思っていました。しかし年譜とはそんなに単純なものではないということを、最近二人の作家によって教えられました。

埴谷雄高《はにやゆたか》は次のように言っています。「生まれ、そして、死んだ――自分自身では観察し得ず、記録もできない、この二つのできごとだけが、唯一確実なことである」と。つまり確かなことは、その人がこの世に誕生し、そしてこの世から去って行った、それだけであり、その間に記された事柄が信じるに足るという保証はないのだ、というのでしょう。

埴谷のこの言葉を証明するかのように、彼の友人井上光晴の自筆年譜は、虚構に満ちたものでした。同居していた父は、満州で行方不明ということになっていましたし、幼い頃に自分を捨てた母、探し当てて会いに行っても冷たく追い返した母については、息子である自分の面影を汗だらけになって働く青年に見いだし、話しかけては追い払われるということを繰り返していた、というストーリーを作っていたのです。

彼の年譜は出生地も経歴も両親との関係も、ほぼ嘘で固められたものでしたが、その嘘のつき方の中に、作家井上光晴を解く鍵があるのかもしれません。

偽の記憶を年譜に植え込み、自らの生として残そうとした井上にとって、実人生そのものよりも確かなものが、彼の語る物語の中に、存在していたのでしょう。原稿用紙に小説を書くように、虚構をその全身に刻んでいったという点において、埴谷雄高が井上を指していった「全身小説家」という言葉は、彼にぴったりの命名でした。

ところで、埴谷雄高もまた別の意味で「全身小説家」というのにふさわしい作家でした。

半世紀にわたって書き続け、ついに未完に終わった『死霊《しれい》』という小説について、埴谷はおおよそ次のように言っています。はるか未来に人類が滅び、宇宙人が地球にやって来る。そしてこの本を見つける。彼らは驚くだろう。そこには宇宙の何もかもが書かれてあるのだから。そういう小説を自分は書いているのだ、と。

何と壮大な志でしょうか。小説家であることの強い誇りと意思にあふれていますす。生まれて死んだという単純な語句で括られる人生であっても、宇宙に伝わるような言葉を残すことができるのです。もしかして埴谷は、生まれて死んだというその間に、『死霊』を書いたという事実だけを刻んでおきたかったのかもしれません。

誕生と死と、その間に何を刻むか。私自身のささやかな人生についても考えさせられたことでした。

第23回　待つ＊名もなく貧しく

関東地方のある街で、ウェイトレスをしていたことがあります。

仕事を終えて部屋に帰り、立ちっぱなしでほてった足を、冷たい壁に押しつけていると、ようやくほっとしました。傾きかけたアパートの部屋は隣りの音が筒抜けで、家財道具といえば、すり切れた畳の上の、小さな四角いテーブルだけでした。

そのテーブルに向かって、毎晩原稿用紙に、幼い文章を綴りました。

先は見えませんでした。五年後の自分、十年後の自分がどうなっているのか、見当も付きませんでした。あてどなく不安ではありましたが、漠然と何かを「待つ」ような気持ちもありました。

その頃は有り体に言えば、お金はなかったけれど、ほんの少しの夢があったのでしょう。

やがて将来への不安に駆られ、通信教育で免許を取り、高校の教員になりました。仕事に追われ、生活に疲れ……私が再び書き始めたのは、それから二十年も経ってからのことでした。

ある日、出張でその街の近くまで行きました。その帰りに思い切って途中下車して、アパートのあったところを訪ねてみました。あの古い建物が残っているはずもなく、駐車場になったその場所の片隅に、赤や白やピンクのコスモスが揺れていました。

しばらく佇んでいると、当時アパートで使っていた小さなテーブルと、現在も使っている大きな机の、二つが同時に浮かびました。

あのときから二十年経ち、家の中には、机だけでなく、冷蔵庫も洗濯機もテレビも、箪笥やソファーもありました。かつて手の届かなかった物たちに囲まれて暮らしていることに気づいたとき、ふと思いました。貧しかったあの頃と今と、どちらが豊かと言えるのだろうか、と。そして物にあふれた現在が、なぜか空虚に思われたのです。物が一つ増えるたびに大切な何かを取りこぼしていったのではないか、そんな不安にもとらわれました。

夕暮れの街を歩いて駅に向かう私に、さびしさがひたひたと押し寄せてきました。あの日から今日までを確かに生きてきたのだと思っても、なぜか満たされないのでした。

乗り込んだ電車の窓の向こうに、一つまた一つと点っていく灯りを眺めていると、名もなく貧しく、あてどなく生きていたあの頃の小さな自分が思われて、切なさと懐かしさが込みあげてきました。

「また何かを待ってみよう」そう心に呟きながら、二十五歳の私が生きていた街を後にしました。

第24回　気づく＊アイヌの少女

今年の夏も北海道へ行ってきました。車の窓から原始の面影を残した森や川を眺めていると、『アイヌ神謡集』の著者知里幸恵《ちりゆきえ》のことがしきりと思われました。

アイヌ民族は文字を持ちませんが、壮大な口承文芸「ユカラ」を持ちます。その中の「カムイユカラ」という、主に動物の神が自らのことを語るという設定の物語から、十三篇をローマ字で表記し、翻訳したのが『アイヌ神謡集』なのです。若干十九歳の少女が残したこの本は、アイヌの人間が自ら書き記したアイヌ文学である、という点に価値があるといわれます。

知里幸恵は、明治三十六（一九〇三）年、北海道登別に生まれました。七歳のときに旭川の伯母のもとに引き取られ、以後この地に伯母・祖母と幸恵の三人で住みます。言語学者の金田一京助が、祖母にユカラを聴くために訪ねてきたとき、金田一は三十六歳。幸恵は十五歳の女学生でした。

初対面の日、「私たちのユカラはそれほど値打ちのあるものなのですか」と問う幸恵に金田一は、ホメロスによって記録され今に伝わる『イリアス』と『オデュッセイア』の話をし、ユカラはそれに匹敵する口承文学である、と熱っぽく語って聞かせます。そのとき幸恵は「大きな目にいっぱい涙を浮かべて」いたといいます。幸恵の涙は、何を語っていたのでしょうか。

明治三十二年に施行された「北海道旧土人保護法」は、実に平成九年まで存続されました。戸籍にも入学願書にも「旧土人」と記入されていた時代があったのです。幸恵が女学校に入ったとき、「アイヌの分際で」と同級生に責められて、悔しさに泣きながら帰宅したこともありました。見下され差別されて、アイヌであることをずっと恥ずかしいことのように思ってきたのでした。

しかしアイヌ語の研究に心血を注ぐ金田一の姿に、幸恵は、アイヌ民族であることは恥ずべきことではなく誇るべきこと、と気づいたのです。

幾度かの文通の後、金田一は幸恵にアイヌ語を記録することをすすめます。半年後に幸恵から送られてきた原稿の、日本語訳を見て、金田一は感服します。後

に『アイヌ神謡集』の十一番目に載る「Tanota hure hure」（此の砂赤い赤い）という
カムイユカラでした。

以後金田一の励ましを受け、幸恵はその作業に没頭します。

「ユカラ」の翻訳をとおして、「私はアイヌだ。どこまでもアイヌだ」という自覚を強くしつつ、幸恵は『アイヌ神謡集』を完成させました。しかし彼女が自分の本を手にすることはありませんでした。大正十一（一九二二）年、草稿を携えて上京しますが、身を寄せていた金田一の家で、持病の心臓病で十九年の生を終えるのです。

美しく雄大で、多くの地名にアイヌ語の響きを残す北海道を旅しながら、九十年前に亡くなったアイヌの少女を、しみじみと偲んだことでした。

第25回　つなぐ＊白い風呂敷包み

新潟市の西堀通に歌碑があります。刻まれているのは「柳には赤き火かかりわが手には君が肩あり雪ふる雪ふる」という歌で、熱い心を持ったロマンチストが作ったものであることを窺わせます。

この歌の作者平出修《ひらいでしゅう》は、明治十一（一八七八）年、中蒲原郡石山村（現在の新潟市）の児玉家という庄屋の家に生まれ、高田（現在の上越市）の平出家に入籍して、平出修となりました。

文学と法律の両面で活躍しましたが、特に大逆事件の弁護士として有名です。

大逆事件とは、明治四十三（一九一〇）年天皇の暗殺を計画したとして、多くの社会主義者・無政府主義者が検挙され、翌年十二人が処刑された、という歴史的な弾圧事件で、大半が冤罪であったといわれます。この裁判で、修は弁護人十一名中、最年少でありながら、堂々と熱弁をふるい、被告たちに感動を与えましたが、法廷での弁論は報われませんでした。

彼は「司法権の威厳は全く地に墜ちてしまつた」と憤慨しますが、やがて静かに自分に言い聞かせます。真実は真実なのだ。たとえそれが間違って伝えられたり、世間から隠されてしまっていたとしても、それが真実であるということに変わりはないのだ。そして自分は「真実の発見者」なのである。今は緘黙《かんもく》を強いられているが、いつかはそれを破る日が来るであろう、と。

後に彼は大逆事件を「小説」というかたちにして、世に問おうとします。それは無念のうちに処刑された人たちの、真実を明らかにしてほしい、という思いに応えることでもありました。しかし掲載誌が発禁処分を受けるなどして、強権に対する反発を強くしていきます。

修は三十六歳の若さで、結核で亡くなりますが、「真実の発見者」平出修の精神は、彼の家族によって見事に次の世代につながれました。

彼の妻は、夫の遺品の中の大逆事件関係のものをひとまとめにして、白い風呂敷に包んで保管します。厚さ五十センチもあったというその中味を、息子は万一のことを考えて、筆写さえしています。戦争中も親戚の防空壕に入れてもらい、戦火に焼かれずにすみました。

何年も経つうちに風呂敷の白い色はすっかり薄黒くなっていましたが、「いつかは発表できる日がくるだろう」という家族の思いは、やがて全集の発行というかたちで日の目を見るのです。

現在平出修研究会を主宰するお孫さんの洸《ひろし》さんに、尋ねてみたことがあります。平出修の孫であるということが、ご自分の人生にどのような影響を与えていますか？　と。洸さんはおっしゃいました。「やはり毅然と生きた人の孫である、との誇りが第一です。人間として一番大切なのは、子孫に対し自分の生きざまについて胸を張って語れることではないでしょうか」

白い風呂敷包みに託された平出修の精神は、子に孫に、そしてさらに次の世代へと脈々とつながっていくに違いありません。

第26回　伝える＊李徴《りちょう》の思い

高校で二十年近く、そのあと専門学校で十数年、国語の時間に様々な作品を読みました。その中で、朗読中にいつも感極まってしまう作品がありました。

中島敦の「山月記」は必ずといっていいほど教科書に取り上げられている小説ですので、毎年一回は読むことになるのですが、そのたびに心が乱れ、冷静に読み進めることができないのでした。

主人公の李徴は、難しい試験を経て役人になりながら、過剰な自意識ゆえに他と折り合うことができずに、職を辞し、詩人として名をなそうとして、挫折。妻子の生活のために望まない仕事に就きますが、屈辱に堪えかねて発狂し、虎の姿になってしまった、という人物です。

あるとき突然虎になってしまった、というところから、この小説は「人間存在の不条理性」を描いたものであると説明されたり、また虎になってしまった原因を李徴の偏頗《へんぱ》な性格に求め、そこにテーマを探ろうとする向きもあるようです。けれども、それだけだったら李徴が虎になったところで、この物語を打ち切ってもよかったはずです。ところが作者の中島敦は、日々虎に近づいていく李徴に、自分が人間でなくなる、自分が自分でなくなる、という究極の恐怖と絶望を味わわせると同時に、ある痛烈な望みを抱かせるのです。それは自分の詩を伝えたいということです。

昔の友人――かつて共に役人を志し、今は出世して供の者たちを引き連れて山の中を通りかかった袁傪《えんさん》――に再会した李徴は、彼に詩を記録してほしいと頼みます。自分の作った詩を伝えないでは、死んでも死に切れない、と言うのです。「言葉を、つまり思いを、伝えるということ。これが「山月記」にいくつかあるテーマの中の、主要な一つなのではないかと、私は思っています。そして友人の袁傪は、李徴の願いを叶えるためにこの小説に登場したのではないかとさえ思われてならないのです。

伝えた先には、それを受け取る人がいます。「書く」ことは「読む」人がいて初めて完結するものなのだと、李徴は知っていたのです。

さて、全二十六回、動詞にまつわるお話をしてまいりました。人間がいくつもの動きの中で生活しているものだということに、今さらながらに気づきました。最後を「伝える」という動詞でしめくくるのは、拙い私の話を通して、ささやかながら何かを伝えたいと思い続けてきたから、かもしれません。そしてもしかして、その思いを受け取ってくれたあなたがいるかもしれない、とも思うのです。皆さんに、心から感謝しつつ、お別れを申します。

ありがとうございました。さようなら。